漂移丛书

海的形状

客是语 ／ 著

云南大学出版社
YUNNAN UNIVERSITY PRESS

图书在版编目（CIP）数据

海的形状 / 客是语著. —昆明：云南大学出版社，2017
（漂移丛书）
ISBN 978-7-5482-3070-0

Ⅰ.①海… Ⅱ.①客… Ⅲ.①诗集-中国-当代 Ⅳ.①I227

中国版本图书馆CIP数据核字（2017）第178047号

策划编辑：徐　曼　责任编辑：宋　武　装帧设计：刘　雨

漂移丛书

海的形状

客是语 / 著

出版发行：	云南大学出版社
印　　装：	昆明市五华区教育委员会印刷厂
开　　本：	889mm×1194mm　1/32
印　　张：	3.375
字　　数：	55千
版　　次：	2017年10月第1版
印　　次：	2017年10月第1次印刷
书　　号：	ISBN 978-7-5482-3070-0
定　　价：	28.00元

社　　址：	昆明市一二一大街182号（云南大学东陆校区英华园内）
邮　　编：	650091
电　　话：	（0871）65033244　65031071
网　　址：	http://www.ynup.com
E-mail：	market@ynup.com

本书若发现印装质量问题，请与印厂联系调换，联系电话：0871-64167045。

语言漂移说正义（代序）

李 森

"语言漂移说"简称"漂移说"。它认为一切艺术语言均处于漂移状态，在漂移中生成诗意或非诗意，在漂移中寂灭或退隐、凝聚或新生；它认为诗性的创造既不来源于本质，也不来源于现象，而源于语言在漂移时刻的诗意生成。

语言漂移说之语言即艺术语言，它包括艺术中的日常语言、书写语言、视觉语言和符号语言等语言范畴。艺术语言既非形而上，也非形而下，而在形而中。"形而中"是艺术语言的滑翔地带，它摩擦着形而上和形而下穿行，形成自为自在的独立时空。我多年前试图阐明的"形而中诗学"作为一种诗学方法，是漂移说语言运动方法的构成部分。

一切艺术（包括狭义的语言艺术和广义的语言艺术），都在语言漂移说的观照范畴之内。

一切艺术都是语言艺术，除此之外，便无艺术。比如行为艺术，它是一种身体表现的艺术，身体在表现的场域（时空）中形成身体语言。身体语言只有在观照的时刻，才能生发为艺术语言。

一切艺术的可阐释性都包涵在其语言结构中，而不在语言结构之外。存在着脱离艺术语言的阐释，但那是非艺术阐释。非艺术阐释之大行其道，已经使艺术阐释全面沦落。

概念或观念阐释总是脱离艺术语言的阐释而自成系统，这种阐释或是哲学式的，或是社会学、文化学、人类学的，等等。非艺术阐释或是对艺术的过度阐释，或是语言漂移超越了艺术阐释的某种路径而形成的另外一种阐释。

语言运动的能力或张力，为任何阐释提供了可能性。艺术阐释如果有价值，那就必须为它划定一个界限，这个界限即是贴着艺术语言阐释的界限。

语言漂移说划定艺术阐释和非艺术阐释的界限，是为了证明艺术语言存在的不稳定性，不完全为了证明阐释的无效。然而，艺术阐释的无效性，亦是语言漂移的一种结果。

所谓阐释，当是语言漂移的路径，但不是说艺术需要阐释才能成其为艺术。事实上，那些伟大的艺术作品犹如一株芬芳出尘的空谷幽兰，它自身的存在已经达到了自足、直观、圆融的境界，它的存在本身无需阐释，因此，它反对阐释。不过，也正因为如此，它有无限多的可阐释性。但必须指出，那种种阐释，是开放的艺术语言自身被灵魂摩擦、砥砺而激活的诗意再生，不是概念或观念对艺术之美的反映。

语言漂移说的方法不仅是对艺术阐释的观照，也是对艺术创作的观照。

有效的艺术阐释或生成某种概念或观念，但其阐释路径总是贴着艺术语言，这是无需证明的常识；而无效的艺术阐释则必然形成"概念控"或"观念控"的逻辑系统，以"自圆其说"的冠冕堂皇调子反对常识。

有效的艺术阐释滋生诗意，甚至是无限多的诗意，它是诗意创造的种种形式；而无效的艺术阐释只有一个目的，那就是通过逻辑归纳和演绎系统获得知识。"自圆其说"的理论知识,多数是强词夺理的"伪知识"。

可靠而有效的艺术创作不表达、分有概念或观念的内涵。其创作过程或与概念和观念发生碰撞,但最终,它总是以一种回归事物、事态原初直观显现的力量,将概念和观念溶解而化生,恰如大海和盐。

从语言漂移说来观照,艺术理论、批评即创作。没有先验的某种理论和批评的出发点,只有具体的语言凝聚和绽放的路径。有效的艺术理论和批评在表达路径中成就自身,它不利用语言的表达或扩张能力奔向某个目标。作为动词的艺术、诗、美只能在语言自我开显的路径中具体地显现,而不可能呈现整体性的目标。艺术语言只有在被利用时才导向整体性的叙述目标。

没有上帝视觉的本体(整体)性的艺术之美,也没有上帝发声式的艺术法则。按照贡布里希的说法,没有大写的艺术(本体的艺术),只有具体的艺术家和艺术作品。进一步说,没有语言自在、自为、自我生发、蕴成之外的艺术。

在《色—彩语言诸相的漂移》一文中,我论述了"本在事象"最基本的四个漂移路径。即"直陈其事"的漂移、"修辞幻象"的漂移、"纯粹形式"的漂移和"意识形态"的漂移。这四个漂移路径囊括了所有艺术哲学或诗学理论的阐释路径。也就是说,古往今来的所有文艺理论或批评路径,都无出其外。本质主义—非本质主义、主—客二元结构理论、模仿说、反映论、形式—内容二元结构理论、形式主义、表现主义等等,均包含其中。这些理论先制造概念,再形成观念,然后利用逻辑归纳或演绎构建庞大而坚硬的系统,将艺术家和艺术作品关进牢笼。这些宏大的理论,都是语言漂移的种种结果,但语言漂移说将它们视为艺术阐释的无效阐释范畴。

我说的"本在事象",即是艺术语言或它的结构。何以故?"本在事象"如果是非语言的,那么,我们对其一无所知,它们也不可能进入人类言说或表现的诗意世界。这就是说,人的感知或玄想的存在,是一种语言的存在,而不是实体的存在。人是语言的人,能感知的世界是语言的世界。说白了,人和他们的生活世界,神和他们被创作的世界,自然和它的存在,都是语言的存在。与生命有关的存在,通过语言才能确定。正如海德格尔所说:"语言是存在的家。"除此之外,按照维特根斯坦《逻辑哲学论》第七命题的忠告:"对于不可说的东西我们必须保持沉默。"老子的思想亦处于反对说、而又不得不说的两难之间,这当然是早期圣哲对人类的千古忠告。事实上,《理想国》里的柏拉图也处于说与不说的两难之间,但他还是以"假设"的支点和"比喻"的诗性表达方式说了许多,也虚构了所谓"理念",为人类打制了一副"理性"胯下的马鞍。柏拉图为了做"哲学王",为了打制这副理性的马鞍,怀着悲智、悲情之心,将诗人——他的灵魂的一半——自己也是个杰出的诗人,赶出理想国。但从他的全部对话录中即可看到,哲学,"本质上"是利用逻辑表达系统而言说的文学。不能洞明这一点,即是逻辑主义的智障患者。

艺术语言的漂移是具体的,而不是抽象的。一个词,一个句子,一个笔触,一点笔墨,一根线条,一种音声形色,作为语言运动的"表象"或"形式",它们总是寂静地、平实地、纡回地或疯狂地处于某一个作品结构的"位点"上。而所有"位点",都是"暂住"的位点,即漂移的位点——既不是"本质"的位点,亦不是"非本质"的位点,而是"暂住"的位点。理解这一点非常重要,因为语言漂移说,既非本质主义的,亦不是非本质主义的。因此,语言漂移说反对一切凝固的、教条的、逻辑主义的或任何主义的语言强暴。

一切艺术语言之为艺术语言的确立,都源于人的感觉、感知能力,然后,将其蕴成文字、旋律、节奏、形色或符号。用佛哲学(非佛教哲学)的看法,即源于"眼、耳、鼻、舌、身、意"这"六根",通过此"六根"的感觉、感知发端,风春万物般与"色、声、香、味、触、法"这"六尘"的"情识"摩擦、蕴育而生发。有效表达的、蕴有纯粹诗意的艺术语言,是一种符号化暂住的、鲜活流荡的"蕴",即一种自成意味的生命序列。它看似是系统性的,但"实质上"是碎片式的。朵朵桃花看似是一个整体,其实是蓬松一树那相似形—色、彼此陌生的碎片序列。当然,可以假设它是一个整体性序列,并与时序和空间相联系而蕴成之美,但仅仅是感觉、感知的一种假设性的观照。艺术语言的存在序列,犹如一树桃花,见与不见,开与不开,美与不美,都在观照的"此时"那个"位点"上"暂住"而被看见,被描绘。艺术语言的色—彩、笔—墨、笔—触、形—式,永远不能抵达那一树实体的、实相的桃花,因为语言艺术中隐秘的一树桃花,既非具体的一树桃花,也非本质(实相)的桃花。这是语言自身的决定,人或神都不能做此决定。

艺术语言的"暂住",是语言漂移的"暂住"。是故,

"暂住"其实是诗意的"无所住而住"。《金刚经》说:"不应住色生心。不应住声香味触法生心。应无所住而生其心。"说的是,有"缘起",则"暂住",无"缘起",则"无所住"。在语言漂移中的"暂住",即是"生其心",生诗意之心。

每一个语词、每一个单纯的符号,都是一个小小的宇宙,一个处于寂灭或生发碰撞时刻的生命之蕴。

我们不能利用艺术语言,我们只能激活它,或拯救它。救救我们的语词吧,因为,它们是我们精神生命、现实生命的细胞。

诗意的语言存在,是心灵结构漂移幻化的某种样式;推而广之,可以观照的心灵结构存在的样式,亦是语言漂移迁流存在的样式。至于那些格式化心灵结构的存在样式,则是语言漂移迁流过程中自我固化的种种死亡格式。

从自我拯救语词开始,自我疗救审美智障,即是审美心灵、诗意心灵的自救。

语言漂移说的提出,是要告别所有诗学理论的。但这不是说,要以一种理论的雄心替代或征服另外的理论——那也是逻辑主义的神经病。如果人们有此看法,那是对此说的误解。因为,语言漂移说"本质上"并不是一种理论,而是一种开放的、处于语言运动自我生成诗意时刻的审美方法,一种素朴纯真的人性观照思—想,一种自我拯救语言—心灵的行动。在它为人之为人的审美自由开掘路径的同时,它就是某种随时处于被激活状态的审美自由。

2017.10.6　燕　庐

目　录

001　雨城
002　序·谷底

003　父亲的书　（诗4首）
003　核桃树和木匠
005　抄书人
007　森林
010　捕手

011　母亲的细节　（诗4首）
011　山中雨
013　陶罐
015　黑水陇·招魂
022　佛像

024　幻象　（诗6首）
024　井
025　溺

026　祖屋
028　林间雨
029　冬
030　古寺

031　**海的形状**
032　序·赞叹

033　**海**（诗7首）
033　潮
034　暴风雨·浪
035　海门
037　水下
038　鲸赋（杜甫）
043　贝壳
045　珊瑚

047　**裂变**（诗3首）
047　先祖时间
049　海相沉积岩
052　冰穴

053　另一个海 （诗3首）
053　　海的形状
054　　树海
058　　死亡谷

061　**植物志**
062　　龙舌兰
063　　龙血树

067　**南方记事**
068　　南方夏日·窗外
069　　起风了
070　　夏日的雨
071　　入睡的姑娘
072　　往南
073　　热带风暴（一棵树）
074　　沉默
076　　白鹭
077　　居住在水面
078　　九月高原
080　　无题
081　　迷雾
083　　孤独

084　良夜

085　名叫阿多尼斯的少年

086　高黎贡山（回乡）

087　三月

089　南方雪

090　台风来临之前

091　极地雪山

092　夏天傍晚的梦者·肺热

093　岛

095　月的赋格

雨城

序·谷底

谷底空荡荡的
每走一步,都没有回音
沉寂是告别
是结束,而不是开始

父亲的书(诗4首)

核桃树和木匠

在那支叫做"雨"的山脉里
父亲的曾祖父砍倒了两棵洁白的核桃树
刀的鸣响似鹰翅在风里摩擦,寒光曜曜
祖父的眼睛里

父亲出生后就一直忙着修筑祖父的双手
和核桃林中的木屋
五十年后,仍未完工
"洁白的木心适合做成母亲洁白的额头"
他手中的刨子吐出柔软的木花

屋后的雨一直在下
剩下的核桃树还在生长,墨绿覆盖了整支山脉

夏天到来,便长成曾祖父关于房子的描述
结实的皮,四个墨铁铸造的房间分割出同胞兄弟

的成长
核心洁白
从不欺瞒的清脆,易于分离

高速旋转的栗子虫,只是孩子未完成的童年
贸然闯进屋前的冰雪里

父亲一直在测量树木,单眼的墨线准确弹成
木床、方桌、椅子和云梯
云梯上,通往故园的城墙(云朵)里藏着伏兵
默默摇动着墨斗

父亲停止刨木时就站在木屋旁
前脚立在雪地里,后脚立在雨水中
沉默地看着我穿梭在四季里,未曾停止的远离

我回望时
木花在他的手指间持续不断地生长,柔软地
卷成各种优美而精确的形状

叶子长在树上

抄书人

总有一个人俯首抄书,从明到暗
用着失传已久的隐秘书法
绿色的笔端蘸满夏天,落笔时湿润、饱满

收笔时却隐身于秋天
纸张干涩

不抄书时,他起身走出阴影
和父亲交谈
黑铁制成的火钳,翻动炙热的话语
宝石一样耀眼与剔透
来自山中的木柴,燃烧着

他把它放在手中
不停地摇晃着整个冬天的寒冷

他喝了一口茶
时间的捆缚在沸水中松开
雾气中,消失在秋天的字迹正在云集

墨迹浓郁，暴雨到访前
显现清晰

风涌来，雨涌来
字迹翻滚在言说失重的崖壁

风与雨，风与雨

风退去，雨退去
如抄书人隐秘的话语
消失在父亲平静的身体里

森 林

(一) 树与瓦

溪流中,石头附着苔藓
色泽清亮
水从林中穿过,在雨后的空灵中找到
严明的秩序

森林里长满树木,每一棵树下
都有相貌相同的婴儿,降生
世代居住

列柱向上,树冠上长满
黑色瓦片
一块压住一块,往下生长
倾斜,却妥帖得像布匹
盛满炭火的熨斗下,摇晃着水汽

森林,构造精密却生性木讷
哺乳动物,在林中来回移动
沉默不语

语言与情绪是风,穿行林中
在骨骼包覆的胸腔中,炽热
鼓动

(二) 雄马鹿

夜晚,星辰大雪一样落下
覆满森林

时间,像中国皇帝的群臣们
谦卑地躬身退下

父亲,是森林深处巡视领地的雄马鹿
昏暗的光中,巍峨的犄角
时间中长成的树
雄壮的低吼在森林中轰鸣
木鼓一样空阔、久远

沿着大型食草动物穿行的通道
一条河静静流淌

河上,我在新月照耀时做梦
梦见自己到密林深处的庙里跳舞

庙里的木匠在一节木头里,凿出面具
附着马鹿灵魂的面具
犄角硕大、美丽

年轻的女人,头戴面具
闪闪发光的双眼
颤抖的双手,和巴厘岛"黎弓舞"一样
精确、急促
充满神经质的言语

捕 手

在一场白日梦中
捕手从空中降下,沿着
森林里一棵笔直的树

一尾鱼,一只鸟
下滑的翅膀,静止

命运的捕手,悄无声息
赤裸的身体,涂满耀眼的白光

披着光的猿王,降临人世
腹部贴着草地
美洲豹一样在命运里潜行

母亲的细节(诗4首)

山中雨

(一)

持续不断的水汽在山脉上空汇集

六月开始,雨就落下
于是他们用"雨"为山脉命名

下雨时
森林的书写朴素而清晰
纸张静谧是风
不动

短暂别离后
水在山脉底部再次汇集,奔涌

雨后
云朵从庭院的木凳下升起

母亲,端坐着看云,白过山际
面容澄明

如雨后的山林

(二)

山中,一直在下雨
书页也变得潮软
像刚松开的泥土
笔在泥土中行走,和着湿软的水汽

(三)

雨一直在下,整个六月
世间所有的重量,都从云中降下

夜晚,山中便不再下雨
潮湿的水汽,从门窗潜入
母亲的房子里
纱窗、墙壁,都沾满晶莹的印迹

雨,从潮湿的空气中
游进母亲的眼睛里

一世的雨

陶　罐

（一）

六月，雨
陶罐

年糕收在陶罐里
终年用冷水浸泡着

石块一样的是沉默
在暗处，在湖底

（二）

路被迫往前
往事纷纷回避、观望
沉默的街道、楼房

只有一次，在梦中突然惊醒
不知身陷何处的恐慌
一片沉入胃部的药片经营着睡眠的呼吸
湖底，气泡缓缓升起

丈夫不是丈夫

路上没有光,前方没有路

没有努力的试探意味着

失败,塞满睡眠的夜里

衰老,通往

漫长的等待

是逐渐逼近的遗忘

道德,许诺选择却不允许放弃

黑水陇·招魂

(一) 青 啼

望帝的青啼第一次唤醒山川

母亲的嫁妆已经备好
红木椅、长满新鲜枝叶的春天,
半熟的青梅、酸木瓜和桑葚

父亲在饱满的弧线中迎娶
光一样洁白的恐惧

布满漩涡的手,摘下新鲜的苔藓
时间中飞出的箭镞,一块起飞的碎片
翠绿、滴水
空山的雨,大海一样涌进房门

(二) 鲵

黑水陇溪水寒冽清澈
在山间日夜流淌
居住着上古居民,哭声如婴儿

布满石头一样的果实

温顺却凶悍,在黑暗中守候、吞噬

每一位新嫁的姑娘都要就着黑夜
熬制汤汁,喝下溪水
鲵的符咒在她们腹中受孕
溪水中产子

水中出生的黑水陇之子,出生就要游泳
长大了跑山、追云

(三) 招　魂

就着鲵符长成的弟弟
五岁那年,灵魂在黑水陇间走失

母亲手执白色象骨,剥皮的鸡蛋
照亮黑水陇四处寻找

黑水陇群山云集
雪山、高黎贡山、磨盘山、五峰山、达摩山
横结为陵,云起山脚

母亲的象骨、鸡蛋照不到峰顶

那里只有老鹰的翅膀,瘦如刀锋
刮肉剔骨

母亲的象骨、鸡蛋照不进小黑山的森林
那里只有黑熊、虎豹
收集孩子的躯体,驱使成人的灵魂

母亲的象骨、鸡蛋照不亮谷底
每一座高山下,都裹着黑水
朝东、朝南奔流不息
黑水下挤满被惊吓、被谋杀的冤魂

母亲在黑水陇间四处寻找,手持砍刀
见山开山,遇水搭桥
每个十字路口都有她刻下的石碑
指示着黑水陇的东南西北

母亲遍访黑水陇的巫师

黑水陇的巫师由来已久
黑夜中,他们在烧炭田坡、三江口、船口坝、大花石
燃起火堆
烧红骨头,斩杀三牲和公鸡

对着神山、黑水
召唤山水间走失已久的少年

"归来！归来！
魂兮归家来……"

屈原的词句如山上的云雨变幻
黑水中暗流，一股、一股
涌起，千年间不曾间断的
落下，流淌

黑水陇所有的巫师都在作法
但黑水陇间依然找不到走失已久的
少年魂魄
"三魂、七魄"的召唤是一个无法完满的
圆弧、归程

一场白雨接着一场白雨
黑水陇山在长，水更黑

（四）苔　藓

薄雾中，未来在寒冷的山顶蛰伏
石上森林，行踪隐秘
密密实实生长

层层叠叠沉积

岩石、树根在苔藓下游动、瓦解
时间瓦解的声音
在脚下静静回响
变黑、变潮

树木线上,丰沛的降雨
一场接着一场

柔软、疏松的植物蓄满池水
被打湿的鞋子早晨路过
傍晚归来

苔藓路过海底　睡梦不断
正以各种水的形态,前赴后继地
描述着水的记忆

储存、释放
一条垂空天降的瀑布,汇集了所有
隐忍的梦境

(五) 树　阴

树上,指猴用细长的手指反复敲打

黑暗中的树洞

量测过去的回声,就像母亲的词句

她在树下艰难行走

行走于言词的阴影中

母亲从不悲伤,只是在春天默默播下种子

山南的苦恼鸟用凄凉的嗓音讲述着

另外一个不相关的故事

"苦恼、苦恼"

母亲总沿着声音播种,秋天却长势缓慢

远未抵达

(六) 酒与咒语

秋天结出的果子不甚完美

暴雨中落下,就地腐烂、发酵

酿造诱人的酒浆

一个巫女的指尖弹出

另一个巫女的口唇接住

荒原中饥饿的母豹一样

迅速、敏捷、准确

一口咬断猎物的脖子

古老的言词拖动卑微

拘谨的躯体

人世间最后的体温,温暖诱惑

(七) 黑 水

浑圆的石头

在古老的河床上滚动

河水折射出事物原有的形状

短暂的清晰愉悦着尘世

佛　像

大雨下了 72 天

最深处的泥土被翻起,黑色的青荇
是上古森林残存已久的遗迹

人从山的四周赶来,如夜里花朵向中心收拢
脉络洁白,幽微而清晰

雨的另一种召唤
是巫医唇上的先人与往昔
一扇沉默的门,只有此时才被开启

为赤裸的泥土,赋形

圆满的线条缺少现实尖锐的撞击
笑的弧线是汝瓷冷静而克制的边沿
精确地承载着世人的苦难与下垂的双眼

在一次大火的淬烧后,佛像的形体变得如黑夜一

样隐秘

俯视,悲悯的天性
不需要严苛的学习
三个昼夜的脚步度量出虔诚的尺度

云里的初阳和山顶的烛火在黑暗中交替

母亲的信仰是抛出去的金币
每一颗都在下落的方程式中发出清脆的回音
倾斜如林中的鸟鸣

佛像的威严来自于法官对证词的听取
佛像的慈悲是对所有的证词听而不语

烛火布下阴影
往昔与未来在地上摇曳不定

母亲点完最后一炷香
黑暗,愈发清晰

幻象(诗6首)

井

光线沿着石壁降下
井底,长满清凉的青苔
鱼群摇动水草轻盈有光的生活

蓝色的鸟鸣

溺

淘洗后,水在井底窥视天光
明暗中交替
植物的白描,在井底一丝不苟的生长
芭蕉的笔尖
托起山月瞳孔中的水汽

水黾挥动着刻刀的尖细在水面不停刻划
散开,又回复、聚拢
飞速旋转的快轮上制陶师手中
潮湿、妥帖的形状

幼年的纳西瑟斯是一株紫色的水葫芦(凤眼莲)
擅长于光、水、风的碰撞、处理
森林中庙宇屋角的银铃
在幽闭中轻微震动、回荡

水是塑型的双手,浸出盐粒锁住
纳西瑟斯脸颊上的苍白
惊恐,扰动蝴蝶的翅膀

光下,死亡清凉、干净
匆匆路过!

祖 屋

长久的居住后
房屋变的克制、隐忍

光线随着叶片依次降下
森林的内部正在凹陷,阴凉的风
从地下升起
木材,弯曲成丰富的表达
附着烟渍色泽闪亮,音调喑哑

浓茶在陶罐里沸腾,上升
成为新的形态,轻盈

一辆卡车压着森林的边界经过
房屋中,光线变得微薄多变

花坛上死去多时的蜻蜓
在震颤中复活
颤动的翅膀,在幻象中鼓动

斧斤攫住的火苗,试探着整个迷宫

时暗时亮

外祖父坐在堂屋上方,沉默不语

是所有林中衰老的人们

林间雨

夏天,用雨清洗好叶子和
诗句

清凉的字词
是山间的一棵树
洁净

松子反复敲打着林间琴弦

冬

金色
太阳在山顶收拢
冰凉的河水在山谷中穿流

河道上堆满石头
每一块都试图发出声音

他在岩石上游泳
翻阅过无数死亡

古　寺

森林里，杀机已动
云在高处集结

天上每打一次雷
森林里都有白色的蘑菇降生
裹着腐叶、泥土

寺庙和草木一起生长
节节向上的枯荣
潮湿的虫鸣，是夜的内核
裹在肉的深处

一场雨在林中回响

清凉山上的小尼姑
掂着月光照料盛开的
昙花。白色
一抹小词，泛着凉光，跃出尘世
策马出逃

海的形状

序·赞叹

来自大海的赞叹
时常在我的屋前响起
盛大的

谁说时间无形
看!
水不是长成了海的形状
壮阔又低徊的悲伤

天空如此灰暗
赞叹却独自发光
在海面,深不可测的安详

海（诗7首）

潮

当潮涌谦卑地退去
风，笔直如针
静静悬浮，数日不动
在微弱的光中练习凝视
向上
等待潮水再次涌起

涨落的秩序，来自星辰
在寒冷的海床上交替

暴风雨·浪

层层的暴雨中
肉体如同一座古老的城
慢慢，沉入海底
潮湿的砖 潮湿的瓦

寂静的漆黑
一个浪斩杀另一个浪

耳朵成为测量的唯一容器

海 门

冥界幽暗的入口
由盐粒构成,洁白的波纹通向前方
寂静无风

掠食者的翅膀
琴弦一样紧绷
音色,外海上空的海鸟
盘旋在深渊之上,无所依靠
曲调优美、凝练,却暗含悲凉

往上,往下
暗蓝,蓄满回流
波,在峡谷之间晃荡

时间随着水位线降下
海底的巨石是幽闭的门
在暮色迟缓的南端
开启

敞开的澄明，像一只夜色中奔跑的白兽
携着洞明者灵魂（火焰）往前而去

眼睛的揣测，一浪接着一浪
亘古的海与风

水　下

古老的辞藻在水中敞开
形体柔软、轻盈
起伏不定

一束光降下
强烈又柔和

光赋予万物形状，同时也暗含阴影
形同眼睑上的古老宿命
正在穿越狭长的梦境

鲸赋（杜甫）

（一）

午夜，海面

平静辽阔的水域
森林从迟缓的底部升起
城市滚烫
在黑色帐幔上闪烁、失落

黏稠的海中，巨浪在水下翻滚
强大的舞蹈，持续几个世纪后止于
时间的预感

古老的太阳，倦于统治永恒的黑暗与海沟

寂静的底部，潜行
海，被抹香鲸缓速阅读
一行，一行
文本碎化为辞藻
喷出海面，潮湿的鼻息（气流）

先祖在水中书写,巨大的双鳍
撼动,铁骑时代的波纹
波纹在黏稠的底部缓慢回响

肉体是鱼
在海里轮回
深潜的鼻腔回响精密,通往来世的窥探

归程的穿越长如史诗
海雪坠入人世
白色秘密得以妥善珍藏
发光的鱼群在沉睡中缄默

为了接近目标
掠食者在安静中前行

尚未雪藏太深的吞噬
被风暴反复洗涤后成为流浪的异香
承载着时间、水、荒原的火幕
及欲望

风猛烈拍打孤岛、岩石
蓄满的归情,张弓

射出,破碎,坠入海面

午夜,辽阔的海域归于寂静

鲸的潜行,用蓝色
为通往隐匿处的沉默者
赋形

(二)

关于海的另外一种形状
是鲸

他所仰慕的鲸
像风一样驱赶又统治着森林翻滚的巨浪

历史如同破碎的冰碛
一个人却是大鲸,从北方游来
那里的海漆黑、寒冷
海水在翅膀上集结,成为山峰
山峰布满蓝色的冰层

雾气弥漫在上空,一半被太阳照亮
金子般沉甸甸的重量

骊山与长安,眼睛狭长

照不见海

那里只有一个独自起舞的红衣舞娘

红色的舞鞋,鞋尖上冒着晶莹的热气

风过针叶林,颤动的心(君王)

风响遥远,大鲸洞察到北方寒冷与残酷的话语

鲸的游动,是海洋颤动的脸庞

峰浪在下,臣服着下了千百年的大雪

白色是沉寂,往下

潜下去,一个词汇

却耗费他一生的积蓄

孤独是压力的正弧

越深越重

悲悯,再浓缩也是一个巨大的体积

优美的脊背

深处、暗处,光线消失

君王的脸,一半威严肃穆

另一半,是冷雨天的迷雾

一会儿在长安,一会儿在骊山

摇晃的镜头精于算计
大鲸朝圣而不觉

贝 壳

无数个夜晚,贝壳在睡者梦境里长眠

打开沉默的双颚
水从底部涌起,漆黑清凉

(水)因纯洁而得到奖赏成为海

沿着海底的峡谷
旅行的人长时间走在路上
缓慢、沉稳,沐浴圣光

肉体的墓穴,承载着水中的神谕

耳朵
用声音,记录辽阔的呼吸,
随着潮汐涨落

欲念起伏
徒劳无功的欢愉

处子之门,长久紧闭
狭窄的口腔,学会约束
默默备下灵感
书页、字句,难于言表的圣光

海底,沉默得像讲坛

珊　瑚

一个陌生的影子
顺着风摩擦水的纹理
沉着地走出黑暗

车灯清澈，探照着腰肢柔软
摇曳是河流与杨柳
古代印度、中国在根部沉睡

(臃肿的) 梦，乡镇集市

古堡密集的影子摇曳着
对每个人，鞠躬
谦卑得近乎谄媚

风是一张不说话的脸，沿着珊瑚栖居处
来回游走，调光
冰凉如蛇，用克制的热情
引诱巢穴中的野兽

关于珊瑚的预言,是与风禁恋

风里,海妖咒语如血
在柔软中悄然沉淀
肉体僵化成历史的枝干
标本、建筑,只能用石头的身份
再次获取重生,被窒息的永恒

言说,温顺
不动声色地修订记忆
对着红色珠串,打磨、抛光

裂变（诗3首）

先祖时间

先祖的时间，停留在热带

每一块发烫的石头
因恐惧（变化）而挤成一团
时间，筑起巨大的峰峦

太阳的影子在炽热里收敛
只能从头顶笔直落下

巨型的蜥蜴
继承了源自母腹的炙烤
在影子、火焰里疾驰
眼睛
是一场蓄谋已久的风暴

太阳与风使水幻化

每一条缝中涌出万千种形状

海水涌入陆地的凹陷
炽热
海面一半暗下去,一半亮起来

跨过那片海
永远走下去只有天空,炙热的回忆

海相沉积岩

（一）

那些被放弃已久的东西
在沉淀、凝固

时间升起年代久远的海床
石头
谙熟于蓝色分层的技艺

风从谷底升起
鹰的翅膀，安稳得像个君王
在守候的疆域沉着滑行

水层，沉睡久远
难于唤醒
回忆里布满冰碛石的白色脚踝

海百合、珊瑚、贝壳
在海浪的褶皱中长久滞留
带着咸味

描摹沧海

拜访之门
西天的月与雪山，星汉
留在峡谷入口

潮汐的涌退
长久未曾造访

（二）

冷峻，石头桀骜不驯的本质
是野马，对节制的练习
在下沉中俘获重量

贝壳、鱼类、骨头、泥沙
在虚怀的经验中往下
收缩、变冷
结成猛犸的黑铁武器

榔头，沾满潮湿的腥味
石头上布满白雪，寒冷、洁净

高处
世界白色骨骼裸露着，海的遗骸

那些被时间在下沉中升起的
远古巨兽,脊背粗粝、壮硕
撼动着沧海沉睡

臣服于雪域的太阳

被时间吞下的,终将被时间吐出来
在高处

冰　穴

当词句凝结成为冰晶
寒冷，异常美丽
在蓝色中成型

往前，深入水的内部
白色的雪，只是表象
被掩盖的日常
只有深入，才是剔透的秘像
冰冷的骨髓，如镜
照耀着

每一次波纹的变动，都被记下
精确又客观的谎言
坚硬、冷峻的年岁
光与水，深锁于山川

隐秘的洞穴
在北方的寒冷中延伸

另一个海(诗3首)

海的形状

在南方
海,形状未名
像头脑中思想追随着山脉的起伏

另一个海里
涌动着沉寂,如岸上的暴风雨

树　海

（一）

世界像一张崭新的弓
上升，张开

白波驻留的夜晚

海引领着风，唤醒每一棵树
彼此相邻的树
像第一次见面一样寒暄

头戴羽毛的人
和树一样沉默的脸庞
也在月下升起，如上升的弓

一场浩大的寂静，正被解开
拧紧的扣子

虚掩的木门，摇晃着

（二）

颤动中的羽翼，舔血的刀锋
又快又狠
割断风的喉咙

风的尸体
落在一棵被命运选中的
树冠之上

是树上生出的一片叶子
牢靠得
只有在秋天才能变黄
摇落

（三）

风把房屋筑在瘦如刀脊的
山崖
只有一条国王小径
沿着语言的弥赛亚
回旋、上升

森林，纤细地展开
点缀着世俗生活

安稳、宁静

风像一群虎鲸,从四周
向森林中心围剿
所有的树叶,翻滚着银色
在奔跑的路上
惊慌失措

(四)

风的结构
始于树,海一样的树
怒不可遏地生长着

枝条与叶片
都臣服于西方

向时间定制着发型
千百年的梳理,朝向清晰

(五)

天暗下来
只剩下一片青木林
水域一样,安静得
令人恐惧

猎手躲在树上
怀揣箭镞、长锁、刀子、手枪
潮涌起时,负责索命

这里的针叶,不会休眠
树瘤上的毛孔,密集排列
吞吐雾气
模糊的前程,擅长将生命终结于
寂静的海里

这里没有浪,风只负责翻洗
终年看不见太阳的被褥
抛尸于此,诗人也一样
安静下坠

白骨,是不再生长的岁月
像从来没有到来

死亡谷

当然有一片海，会死亡
世界的肚脐在水下451米处，下陷的罪恶
南浅北深，埋葬着罪城
多玛和蛾摩拉

海上弥漫着浓雾
一个沉睡的罪人，睡梦中的吐纳
白昼，风从湖底涌起，吹向四野
夜晚，四野的风，吹向湖底

长眠于湖底的水，化石化后
结成石块，像古代民族的语言中生长的年轮
一圈推着一圈，形成遗址

盐与矿物，在时间中堆积
博士胸腔，满腹经纶的回音
托起侏罗纪、白垩纪的徒弟
没有师傅的教导，只能依附于矿物的密度
不断上浮，炮制平衡

流自圣经的水,在公元前几个世纪
像一个姑娘,安静地
以长眠湖底的亡水为床
艳阳下,仰泳一样沉睡

尘世间的事,过往的人
来来回回踩着水面行走
有人在寻找使水变甜的古方

只有故事,在太阳下曝晒
多水的肉体,收缩、干涸
最终成为一枚盐块,白色的微粒
世事一样苍茫,多变
折射出谜语般难解的光影

被时间放进过客的口袋,靠近胸腔
银质的封面,祖母的绿宝石镶嵌着圣经
时间行走时,一起叮当作响

植物志

龙舌兰

龙舌兰
阳光敲打着金光闪闪的边沿
在午后
以便迎接午夜重要客人到访

宽阔的形状满足着热带的狂想
坚硬的质地昭示
在南方,腐坏正四下打探着
叶脉的精微

所有的植物善于把自己炼成
宽阔的模样
劈开琐碎的往昔
依剑天涯等风起

龙血树

顺着寂静的裂谷
寒冷干燥的风抵达遥远的南方古陆
一个遗失已久的世界,唤为极乐
冈瓦纳古陆的故事长满舌羊齿植物

刻着暗纹的海贝居住在树上
它们知道
那是通往远古海域中心的
唯一密道
风过的时候,还能拾到古鱼群潮湿的话语

遥远的索科特拉岛上
龙血树沉默如石
站成荒凉山脊上岩石的明暗交替
异形体的陌生,文明中心崩散后忙于安排阴影的遗像

天空明澈如镜
清晰地投射着大地幽暗又明亮的倒影

(龙血树)发达的根系,密集地编织在一起
脉络臃肿,散发着石灰岩灰白的沉寂
如年迈之人
塞满石头的沉重呼吸

时间,结成巨大树冠
伞一样内敛,而精于修整
所有的过去都被收整、妥善安置在
命运的阴影里
坚硬的革质树叶涂满蜂蜡
太阳下,幽微的光芒如白色隐者
齿边的话语

炎热中,龙血树遵循着东方隐者流传已久的
智慧
谦虚是空心的骨骼通往岩层之下
黑色深海的密径
水流向下汇集
静谧处,水滴落下的声音
回拨着冰碛石打制的日晷

孩童,口袋里装满洁白的棋子
太阳照亮反复清醒的梦境

大象与巨龙恶战后
树干缓缓流下黏稠的回忆
有人来,负责收集
在时间错动的间隙里

还有乳香、龙涎香、没药
与尸体

他们面孔漆黑,乘坐着石头炮制的咒语
炼金术的火焰
与遥远东方的药材目录

每一种植物的往昔都可以倒背如流
(包括这
荒岛上的龙血树)

南方记事

南方夏日·窗外

在南方,夏日安排寂静
田埂与火车道的交错

三个年轻人
沿着炎热走来
其中一个,穿着红色上衣
俯身拾起一块黑石
用力掷向远处

沿着石头划过的轨迹
大雨突然落下

多么意外的结局!

起风了

(一)

起风了
我以为你来看我
脚步
深的、浅的

不是三月,是七月的树

(二)

满树的风呀
你往哪里去?

不如从此住在春天里

夏日的雨

夏日的雨,反复无常
来的时候
空气潮湿

鱼在沉睡
梦在它的前方,宽阔的形状

两个世界
向着相反的方向滑过
生涩的轨迹

入睡的姑娘

南方，一个姑娘
在夏日的白昼中睡熟
一个世纪的侧影
安静地，光亮照见

以及梦的边沿

梦里的虚构
胜过，现实的卑鄙

往 南

每一个往南的人都无家可归
飓风刮来的水滴,堆积成海的形状
与荒漠的悲凉
通往故人的道路已被白色的云层封闭
太阳下闪闪发光
圣洁地

所有的荔枝都甘甜如蜜
却难以下咽
一个声音在一千年前早已预见
三百颗!三百颗!
重复地,他说
因为他是智者
并且懂得,甘甜或是苦楚都意味着吞咽
无论如何!

热带风暴(一棵树)

深夜
风正在翻越我的屋顶
以及连绵的山脊
往北归去

有时
它会陷入一个语词的沉默
长久地

有时
又突然发狠
企图把每一棵记忆都连根拔起

恐惧一直在屋顶攀爬着

多少棵记忆陆续倒下

在叩门的早晨
一树的风,又一树

新鲜如往
如北方

沉　默

（一）

过去的那个夏天究竟意味着什么
对于一个远在异乡的人而言
爱情复发带来的句子
是空白的颤栗

你可以一字不读
但想念仍旧是他
而他在你的身旁

放弃是你长久的许诺
只是对我

心知道

（二）

我的词
就像我的家，来自大海
动荡不安

遗忘,对我而言究竟有多难

我的语言里饱含着恐惧
你的面孔却意味深长

白 鹭

早起,白鹭
白
再白

一个世纪的恻隐之心

我们盖房,盖房,再盖房
我们将所有的都占为己有
我们遗弃,遗弃,再遗弃
我们将所有的都遗弃

一个现代派的白影
只能在世界与喧嚣的边沿被流放
眼睛
由破落的时代负责装饰

白
再白
它吟唱,空谷若有兰
兰花,兰花各自开

居住在水面

居住在水面,有光
你在深渊里冲着我微笑
那时我还年轻
什么都不懂

渊面,你使词汇驯服
像鱼群一样聚拢
朝向虚妄

光,虚晃了一下
一个隐喻的侧影
我却沉迷于言辞的欢愉
并误以为真

居住在水面,有光
王在写诗,字行朝南
与北相忘

九月高原

(一)

九月的高原
苍鹰,巫觋之子
擅长用翅膀召唤蓝色的深渊

祖先们的鲜活面容
却在长岛上永恒地沉寂

(二)

高原的梦魇
海一样匍匐在高原地平线上

所有的记忆都在海平面之下
所有的记忆都蓄势待发
等待风暴的召唤

所有的过去将沉溺于时间的皱褶里
不可舒展

(三)

秋天到了
夏天还在我的窗台上疯长
我多么怀念
它在高原时的模样

无 题

（一）

午夜，阳光森然

时代的中央
所有的恶都傲然而立
君临天下的姿态
所有的善与美都曲意逢迎
卑微的

这是一个怎样的时代？

（二）

所有的恶都傲然而立
所有的美都在曲意逢迎

生活赋予我的满腹怨词
我要将它一一奉还
只留下最深沉的爱意

迷 雾

(一)

迷雾中
高速列车,从我的窗口驶过
向着远方的灰暗

雷在空中滚动
居然让我心生恐惧
如此迫近的巨大马蹄
顷刻便可把我掀翻在地

我怀念高原的雷响
离天那样近,却从不彷徨
也不叫人恐惧

(二)

火车
在雨中极速穿行
海在左边,看不见形状

右边

远处的树隐匿在黑雾里

路边的荆棘,策马追随童年的记忆

车驶入一团黑色的迷雾里

无声的世界迅速消失

只留下窗子上横流的雨迹

孤 独

孤独看起来如此美好
在那里
静坐着,如春天
花繁盛,有时风过

良 夜

每一个温柔的时刻都可以听见
文字落下的
声音

赠予我良夜

时间是被打制的精密容器
装满了良夜的私语

名叫阿多尼斯的少年

半山上,门紧闭着
满是苦涩的浆果,布满丛林的小道
风沿着来途,一路回顾

临别时的吻长得温暖而意外
似乎
也,意味深长

爱,总是显得不合时宜
并,于无人之境盛放

那个名叫阿多尼斯的少年啊
且无人知晓

高黎贡山（回乡）

一连数日的行走后
风停在了树头，偶尔打盹

河流像遵从丈夫一样遵从着
山谷前行的
路途

鹰的羽翼与啸鸣
揣摩着时间与神域

一江的雾　　醒来
沿着山脊蓄势而上，向着神域

满目蓝色的苍凉
召唤着日渐羸弱的乡情

三 月

(一)

为了走进三月
旧日的军队与马匹都被搁浅

红色
赶着为季节加冕
并负责焚烧旧日的恩怨

风,打开三月的斜谷
所有的往事都瘦如花瓣
密集地略过颤栗的春天

沿着清澈的内核,往下
落的声响
静如出逃的白昼

(二)

一种巧合或是预设的结局
时光打开一个微小的空间
所有红色的花瓣都在这里集结

风轻轻摇动着春天
美好而怯如处子

光勾勒出薄雾的形状
微凉的调子

南方雪

在南方
大雪入梦

云朵低垂的天空
飞机
如同候鸟,拥有归期

梦,搭建木桥

绿色,沿着树皮向木心收拢
水面上波纹谦卑的隐退
隐者白色的声音
穿过时间的间隙

木棉花红
立于雪中

台风来临之前

台风来临之前
整个岛上陷入闷热的沉寂
居民走动,沉默如鱼

天,难得阴沉
动人
铅灰色黏稠风景
是北海过时已久的忧伤抒情曲调

极地雪山

整个冬天,他都在建造一个帐篷
回忆是洁白的星辰
布满寂静的天空与大地

水不是幻想,只是另外一个你
当风整理好白雪缝制的斗篷
梦,御风降临

一只鹰飞过
被勾动的凡心

夏天傍晚的梦者·肺热

当咳嗽向着肺里爬行
红,便陡峭地沿着脸颊走去

往昔的故事从书页与画布中归来
带着潮湿的气息

回忆赐予的花冠,除了花朵、叶子
也深藏荆棘

岛

（一）

故人渐渐离去
微薄喂养着贫瘠

荒岛上
旧日，被风摇动着

（二）

往昔与你
像太阳下的飞鸟
突然投下
子弹一样的阴影

被击中的
回忆堆积的肉体

波纹散开，痛在平衡
客观的像他者的叙事

一支春色
是寂静中，盛开的

轮回

(三)

艳阳下独自盛开的
岛屿,是桃花
炙热得,一点就着

月的赋格

总有一轮明月从山谷里
升起
也有一天,门和窗都会关闭

黑夜在外
山谷和明月
照着过去,寂静如霜